REPONSE

A une Lettre adressée à un Partisan du bon goût, sur l'exposition des Tableaux faite dans le grand Salon du Louvre, le 28. Août 1755.

MONSIEUR,

JE ne sçais si le public seroit parfaitement éclairé sur le mérite des Ouvrages que nos Peintres ont exposés cette année dans le grand Salon du Louvre, s'il s'en rapportoit entiérement au jugement que vous avez pris soin d'en porter. Vous craigniez qu'on ne mît au jour votre lettre pleine d'imagination, & aussi spirituellement écrite qu'elle est téméraire ; cependant vous paroissez avoir du goût & de l'amour pour les arts. Il est vrai que vous ignorez les régles de la saine critique, & sans doute c'est en cela que vous aviez raiſon de craindre que votre lettre ne vous ſuſcitât des querelles.

Les Artiſtes ont de tous tems eſſuyé les leçons de la critique; mais autant elle eſt néceſſaire pour le progrès des arts, quand elle n'eſt pas dictée par l'eſprit de parti, autant leur eſt-elle nuiſible, quand ce même eſprit la dirige, alors elle enleve ſouvent au vrai mérite toute ſa gloire, pour en couvrir la médiocrité & ſouvent l'ignorance; elle décourage le ſçavant, & le décrie aux yeux des Etrangers qui, ſur-tout en fait de peinture, ſont obligés de s'en rapporter à nous, & qui regardent la déciſion d'un homme de goût comme l'écho ou le réſultat des déciſions générales.

Je crois d'ailleurs que la critique eſt deſtinée pour un autre emploi que celui auquel vous l'avez fait ſervir, elle me ſemble faite pour éclairer les arts, & non pour les déchirer; car alors elle dégénere en ſatire, & vous ſçavez que le ſiécle des Boileaux eſt paſſé, & que l'Abbé D. F. a été en horreur aux arts, quand il a fait le ſatirique.

Je m'en rapporte à vous : que direz-vous d'un critique qui lui-même enchanté des objets qu'il entend louer unanimement, leur applaudiroit, mais qui, par une maligne adreſſe, ou nous tairoit le beau, ou ne lui donneroit pas tout l'éloge qu'il mérite, & ne feroit qu'effleurer les défauts de quelques autres pour fla-

ter leurs admirateurs ; qui enfin, renversant les talens, attribueroit aux frêlons l'ouvrage des abeilles ? Sans doute que vous regarderiez un pareil écrivain comme intéressé à louer les uns, & défenseur opiniâtre & aveugle des autres, & vous ajouteriez peu de foi à ses éloges & à sa satire.

D'après cette réflexion, voyons, Monsieur, si votre lettre doit nous paroître le fruit du jugement impartial d'un critique censé qui sçait apprécier les talens justement ce qu'ils valent ; car vous avez finement adopté ce titre : voyons si vous nous avez dévelopé le mérite de chaque ouvrage, & si vous n'en avez célé aucun à ce Partisan du bon goût à qui vous écrivez. Examinons si nous ne devons réellement nos éloges qu'à ce que vous avez loué, ou notre critique qu'à ce que vous avez condamné en dernier ressort ; j'en doute ; mais je vais éclaircir mon doute, & tâcher de vous rendre justice. Je ne puis d'abord que vous applaudir des éloges que vous donnez au célebre M. Carles Vanloo ; il les mérite. Vous rendez à ses deux grands Tableaux de St Augustin toute la justice qui leur est dûe ; mais vous entrez si habilement dans toutes les idées du Peintre, & dans son enthousiasme, que vous lui prêtez vos lumieres, sans y songer. Elles sont belles, mais je crois cependant que M. Vanloo pouvoit s'en passer ; il est plus sçavant que vous sur l'histoire de Saint Auguſtin. Vous auriez dû profiter de ce trait hiſtorique, & apprendre que ce n'eſt point Saint Auguſtin qui adminiſtre le Sacrement de Baptême à de jeunes gens, mais bien plutôt Saint Ambroiſe qui baptiſe Saint Auguſtin, ſon fils & Saint Alipe ſon ami. Ce trait d'hiſtoire eſt ſans doute intéreſſant, au lieu que, ſuivant l'idée que vous nous en donnez, vous nous enlevez toute la part que l'on doit prendre à ce Tableau, par la ſcene qu'il repréſente réellement.

Ce ſont de ces petites erreurs que l'on ne paſſe point à un critique, parce qu'il eſt ſenſé s'être bien aſſuré du détail de l'ouvrage qu'il annonce. Je crains fort d'avoir encore ce reproche à vous faire; vous êtes négligent, & un critique tel que vous ne doit pas l'être.

Cependant ſi vous êtes réellement perſuadé du mérite de M. Vanloo, n'aurai-je pas à me plaindte de la rapidité avec laquelle vous paſſez ſur un Tableau de ce Maître qui ſe trouve dans le rang de ceux que vous qualifiez *de profanes très-décens*? Celui à qui vous écrivez, eſt-il obligé de deviner que ce Tableau eſt peut-être le chef-d'œuvre de l'art, quand vous lui aurez ſimplement dit qu'il repréſente » un jeune & » galant Eſpagnol qui entre reſpectueuſement » dans un Belvedere où une jolie femme fait » répéter une leçon de muſique à une petite » fille fort aimable. » Ce n'eſt pas aſſez pour un critique de montrer de l'eſprit, il faut qu'il nous avertiſſe à propos que telle choſe mérite davantage notre attention, en en faiſant ſentir le beau.

Ce Tableau méritoit plus que tout autre vos éloges, & vous n'en parlez preſque pas. Eſt-ce défaut de capacité & de goût? Je ne le crois pas.

Quoi qu'il en ſoit, Madame Geoffrin, à qui ce Tableau appartient, femme reſpectable par ſon amour pour les arts, titre toujours précieux pour ſon ſexe, a mieux ſenti que vous les beautés de ce Tableau. Plus jalouſe que vous de la gloire de M. Vanloo, elle ne s'eſt pas contentée d'en faire une deſcription pompeuſe, elle a voulu que le Public partageât avec elle le plaiſir d'admirer un grand homme dans ſon plus beau. Elle l'a expoſé pluſieurs ſemaines de ſuite chez elle, & tout le monde a couru pour le voir; on l'admire encore au ſalon avec autant de plaiſir; & vous êtes le ſeul (ſeroit-ce pour vous diſtinguer) qui n'en parlez qu'en paſſant, & qui penſiez que l'expoſition élégante du ſujet d'un pareil Tableau ſuffit pour en bien faire l'éloge.

Voilà, Monſieur, encore une de ces fautes des critiques impardonnables. Avez-vous eu peur de louer auſſi exceſſivement le bas *parfaitement beau*, que vous avez fait *le beau*? Que celui à qui vous écrivez, doit vous ſçavoir mauvais gré de lui avoir caché toutes les beautés de détail dont ce Tableau fourmille ! Avez-vous cru qu'il suffisoit de louer Vanloo comme un autre Maître ? Je n'entreprendrai pas de le faire plus que vous ; mais du moins deviez-vous avouer que l'expression la plus forte ne peut nous donner une idée assez juste d'une chose aussi belle. Il ne faut que des yeux & du goût, pour sentir la vérité de ce que j'avance.

Peut-être avez-vous cru que le nom de Vanloo suffisoit pour donner sur ce Tableau une idée assez juste de la maniere hardie dont il est touché ; vous vous êtes trompé, Monsieur, & je vous crois trop judicieux, pour ne pas avouer avec tous les Connoisseurs, que c'est peut-être une de ces productions sublimes, où l'art a de la peine à atteindre, sans faire craindre de rétrogradation. Quelle expression, quel fini dans ses têtes, quel bel ensemble, quelle vérité dans ses étoffes, quelle correction de dessein ! Raphaël a-t-il mieux peint, le Titien colora-t-il mieux ?

Nous regrettons que M. Boucher, ce Peintre de graces, & M. Pierre se soient refusés à nos applaudissemens. Cependant ils doivent s'estimer heureux de n'être pas exposés à votre critique. Ils se sont épargnés le chagrin de voir louer aveuglement leurs riches productions, & de les voir rangés tous dans la même classe, sans aucune distinction. Si vous ignorez pourquoi ces deux Peintres n'ont rien exposé cette année au Salon, je vais vous répondre pour eux : c'est qu'il est triste pour un grand homme de ne pouvoir se risquer, sans que sa réputation puisse le mettre à l'abri des coups que lui porte une main satyrique du fond d'un cabinet. Lisez toutes les critiques qui ont paru les années dernieres, vous verrez que l'on a toujours eu soin d'épier le foible d'un homme, pour avoir à mordre.

Faut-il que vous vous trouviez dans cette classe obscure ? & critique partial, croyez-vous que ces grands hommes n'ont pas senti comme vous ces petits défauts ? exigez-vous d'un homme qu'il soit parfait ? quand vous voudrez juger du prix des talens, ressouvenez-vous de ces vers de Voltaire :

Pour faire un ouvrage parfait
Il faudroit se donner au diable,
Et c'est ce que je n'ai pas fait.

Contentons-nous de jouir des trésors que nous possédons, & ne cherchons pas à devenir moins riches, en voulant trop les épurer. Je vous l'ai déja dit, la critique est faite seulement pour éclairer les arts, les encourager, & non pas les détruire. Fermons adroitement les yeux sur les défauts d'un ouvrage, quand nous sentons que les beautés en font la principale essence.

Je reviens à M. Retout : ce digne éleve de

M. Jouvenet, eſt plus au-deſſus de la critique que vous ne le penſez. Je vous plains de ne pas ſçavoir juger de lui par comparaiſon avec les mêmes, vous auriez vû que ſon grand Tableau fait l'admiration de tout Paris, & que ce n'eſt pas ſans raiſon.

Quoique ſon coloris ne vous plaiſe pas, conſultez les gens de l'art, & ils vous diront tous qu'il eſt bien remonté, & que ſon fond n'étant pas achevé dépare beaucoup ſon enſemble. Ses têtes ſont plus variées que vous ne les faites, & il regne dans toutes ſes figures un contraſte admirable, & une vérité exquiſe. Je n'apperçois rien que de très-grand & de très-ſimple en même tems dans la figure de ſon Chriſt. Ne croyez-vous pas entendre la menace qu'il fait à St. Pierre ? Son action n'eſt-elle pas parlante ? Quelle force de compoſition, quelle entente de perſpective aërienne, quel feu ? Vous n'avez oſé décrier ces beautés frapantes, dont un moins habile homme que vous jugeroit, & c'eſt le ſeul éloge que Mr. Retout reçoive de vous ; tâchez de ſentir toute la force & l'énergie de ce tableau avant d'en juger. Oui, Monſieur, malgré votre déciſion, je ſuis certain que l'Ecole françoiſe ſe fait gloire de le poſſéder.

Il ne me ſeroit pas difficile de vous prouver que Mr. Retout connoît la bonne couleur, & le Public ſeroit plus à portée de juger du mérite de ce grand Peintre, ſi vous l'euſſiez charitablement averti qu'il y a de lui cette année un petit amour instruit par Mercure bien manié & bien colorié. Mais vous êtiez trop prévenu pour soupçonner que ce tableau fût sorti de son pinceau. La rapidité avec laquelle vous paroissez avoir parcouru le salon ne vous a pas permis de l'observer. Mais si vous avez méchamment oublié ce tableau, en revanche celui du triomphe de Mardochée n'a point échapé à votre critique. Vous ne l'avez point menagé. Vous êtes dur. Mais que diriez-vous d'un homme qui, pour vous donner une idée exacte de la Tragédie du Cid, ne vous parleroit que du rôle inutile de l'Infante, n'oublieroit pas de vous faire observer son défaut dans l'unité des scenes, & ne vous avertiroit pas que les rôles de Rodrigue & de Chimene sont pleins de beautés sublimes? Pourriez-vous juger du mérite de Corneille, & le croiriez-vous jamais capable, après ce rapport infidéle, d'avoir fait Cinna.

Ah, Monsieur, encourageons les arts, c'est le propre de l'humanité, & c'est le fait d'un homme de goût. Voyons *Cinna* avec plaisir, & ne parlons pas d'*Agesilas*.

Je suis trop vrai pour ne pas avouer qu'il n'y a rien à ajouter au portrait que vous faites de Mr. Natoire. Il est fâcheux pour lui qu'on ne l'ait pas averti plûtôt qu'il tomboit. Mais je ne serai pas de votre avis sur le portrait de *la belle Laure* peint par Mr. de la Tour.

Ce portrait n'eſt pas à beaucoup près de la force & de la vérité dont étoit celui de ce Peintre peint par lui-même. Perſonne ne reconnoît *Laure* ſous cette grande & belle glace. Vous diriez que Mr. de la Tour étoit de mauvaiſe humeur quand il fit ce portrait. Il a enlevé à l'original toutes ſes beautés. Loin d'avoir péché en prêtant des graces à la nature, ce qui eût été une faute pardonnable, tout le monde vous dira qu'il a fait le contraire. Quel défaut dans un Peintre ! Si vous aviez approfondi les objets qui ont frappé vos yeux au ſalon, & ſur-tout le profil d'une tête qui ſe trouve dans un deſſus de porte de Bellevûë par Mr. Vanloo, vous auriez aiſément reconnu que la Sultane qui va prendre ſon Caffé, reſſemble mieux à *la belle Laure*. Je rends juſtice à Mr. de la Tour : ſes acceſſoires ſont bien frappés. Il nous a peint *Laure* amante des Arts qui la cheriſſent. Tout le monde applaudit à la juſteſſe de ces attributs ; mais quand un portrait péche du côté de la reſſemblance quel peut être ſon mérite ? Je me plains je crois avec d'autant plus de juſtice, que M. de la Tour pouvoit mieux faire, & que c'eſt le ſeul morceau que nous ayons de lui.

Je ne crois pas vos réflexions ſur les tableaux de Mr. Vernet aſſez judicieuſes, & je ne vois pas pourquoi vous voulez qu'il les prive de ces ornemens précieux que vous êtes forcé d'admirer vous-même. Pourquoi voulez-vous que l'on peigne un port désert ? Vous auriez dû nous en donner une bonne raison, car je n'en trouve point, & je vous avouerai franchement que vous eussiez fait plus sagement de ne les point louer, que de le faire à regret. N'auriez-vous pas dû plûtôt admirer l'art avec lequel le Peintre a sçu développer les objets principaux qu'on lui demandoit, malgré les Episodes qu'il y a joint. Ses groupes en dérobent-ils rien ? Et n'est-ce pas un plaisir de plus qu'il nous procure par la variété des figures qui les décorent ? Vous vous êtes trompé si vous avez cru que Mr. Vernet se fût proposé un modéle de ce genre dans son tableau représentant la vuë du port de Marseille, il n'a songé sans doute qu'à varier son goût, & point du tout à se conformer à vos sages réformes. Mr. Vernet avoit des vûes de port à peindre ; ce n'eût été que des objets bien stériles & qui n'eussent jamais fait de beaux tableaux. Il les a décorés avec art, sans faire perdre de vûë, comme vous le dites, ses principaux objets. Il a eu le talent précieux de joindre l'agréable à l'utile. Vous êtes le seul qui osiez lui en faire un crime.

Pour Mr. Hallé, il ne paroît point du tout de vos amis. Il a tort, mais il est excusable. Vous n'avez songé qu'à le critiquer, & point du tout à le faire connoître. Je n'en veux pour preuve que la bevûë dans laquelle vous êtes tombé au sujet d'un de ses tableaux, qui est le seul dont vous parliez, & que vous apostrophez fort mal à propos. Vous dites qu'il a fait une Résurrection, dans laquelle la figure du Sauveur paroît faire des exercices de capriole. J'ai tâché d'abord, à la lecture de votre Lettre, de me rappeller si j'avois vû un pareil tableau dans le salon; & après bien des recherches, j'ai eu tant de peine a me persuader que vous ayez voulu nous parler d'une disparution de J. C. aux pellerins d'Emmaüs, après la fraction du pain mystérieux, que je ne puis croire que c'est de ce tableau que vous ayez entendu nous entretenir. Je ne vois dans ce tableau rien que de très-sage, la figure du Sauveur n'y capriole point, mais est plûtôt d'un bon goût, ainsi que les deux pellerins. Mr. Hallé ne doit point s'offenser d'une pareille méprise, elle est trop grossiere, & vous avez pris trop peu de peine à l'examiner. Pour croire que ce tableau représente une Résurrection, il faut donc qu'une table, & les débris d'un repas frugal vous ayent semblés être le tombeau & la pierre qui le fermoit. La table, je l'avoue, est quelquefois le tombeau de la raison; mais non pas dans un pareil sujet. Peu content d'ignorer les beautés de l'art, dont vous parlez pourtant assez hardiment, vous les tournez en ridicule. Un danſeur de l'Opéra, ſans eſprit, rira de vôtre apoſtrophe, & point du tout un homme de goût. Cet homme de goût vous mettroit aſſez dans l'embarras s'il vous demandoit pourquoi vous n'avez point parlé de deux autres tableaux de ce Peintre élégant. Un homme, aux regards duquel le viſage d'*Aman* n'a point échappé, & à qui deux pellerins paroiſſent des gardes veillant autour du tombeau de J. C. A-t'il pu ne pas obſerver Jupiter changé en Diane amoureux de Calipſo, & un Appollon qui promet à la Sibille de Cume, qu'elle vivra autant d'années qu'elle a de grains de ſable dans la main? deux tableaux dont le coloris & le deſſein ſont tout-à-fait ſéduiſans.

Serons-nous encore obligés de vous en croire, Monſieur, après tant de mépriſes, lorſque vous dites que le tableau de Mr. Jeaurat repréſentant ſon attellier „ doit être mis dans le rang „ de ce qu'il a jamais produit de mieux, ſoit „ pour l'invention, l'expreſſion & le coloris. „ Mr. Jeaurat lui-même ne ſeroit-il pas le premier à déſavouer un éloge auſſi outré, & qui par conſéquent ne peut lui faire d'honneur, ſi on lui obſervoit que ce tableau eſt lourd & noir, & qu'il s'en faut qu'il ſoit admiré. Paſſons-lui, ſans chicanner, la compoſition ſeulement de ſes deux autres charges. Mais vous auriez dû ne pas tant élever un morceau que perſonne ne trouve beau, & qui ne ſera peut-être d'effet, ainſi que les autres productions de ce Peintre, qu'à la gravure.

Quoiqu'il en ſoit, l'éloge que vous faites de Mr. Chardin eſt puiſé dans la vérité, & je me garderai bien de vous contredire à ſon égard.

Tout le monde doit encore vous en croire quand vous louerez MM. Greuſe & Drouais le fils, tous deux aggréés, & tous deux ſçavans dans leur art, quoique jeunes. Je n'ajouterai rien à ce que vous en avez dit.

Je crois avoir lu vers la fin de votre Lettre, que pour être digne de votre cenſure, „ il faut „ avoir des prétentions à l'excellent, & que ce „ qui ne ſçauroit être porté au-deſſus du mé„ diocre, ne doit point être repris. „ Comment prétendez-vous, après un pareil avertiſſement, vous diſculper de n'avoir point du tout fait mention de Mr. Lagrené nouvel Académicien ? Avez-vous pu porter l'injuſtice à cet excès, Mr. Lagrené a pourtant un mérite réel, & ſes productions ſont de beaucoup au-deſſus du médiocre. Je crois que vous ſeriez fort embarraſſé, ſi l'on vous demandoit quels tableaux il a expoſé. Pouvez-vous bien vous ériger en critique, & ne conviendrez-vous pas plûtôt de bonne foi, que vous vous êtes totalement écarté de votre objet. Vous vous perdrez ſi jamais le public lit votre Lettre, & reconnoît que vous l'avez trompé. Je crains que votre Imprimeur, entendant mieux les intérêts de votre réputation, ne soit forcé de cacher votre écrit dans un coin de sa boutique. Ce sera un bonheur pour vous.

Si j'écrivois à l'homme de goût que vous instruisez, je ne pourrois lui taire l'injure que vous faites au pinceau de Mr. Lagrené; & je lui apprendrois, à votre défaut, que si quelqu'un peut faire esperer les plus grands succès, c'est le jeune Académicien dont il est question. Nous avons en effet de lui plusieurs tableaux d'un bon goût, entr'autres un Promethée dont Hercule abrege le supplice. Il a percé le Veautour qui le déchiroit, sa blessure est refermée : & Hercule brise ses fers. Ces deux figures sont très-bien groupées. Il y a du caractere, de l'ame & de la bonne couleur dans ce tableau.

Nous avons encore un enlevement de Déjanire par le Centaure Nessus, qui est bien imaginé. Nous admirons son fleuve, que le Centaure a renversé. Cette idée est ingénieuse, poétique & bien rendüe. Ce tableau est son morceau de reception.

Un autre tableau représentant le Centaure Chiron, qui apprend à Achille à tirer de l'arc, fait encore un fort bel effet.

Il a auſſi donné une Antiope endormie avec l'amour, ſurpriſe par Jupiter changé en Faune; deux autres petits tableaux, dont l'un repréſente une petite fille qui joue avec un pigeon; l'autre une jeune muſicienne, qu'il a apportés de Rome, & qui ſont bien peints.

Comment ce nombre de tableaux a-t'il pu échapper à votre imagination? votre mémoire vous a joué là un mauvais tour; car je crois que toutes les productions de ce jeune Peintre approchent trop du vrai beau, pour qu'elles ne faſſent pas plus d'impreſſion ſur l'eſprit. Je crois cependant démêler votre adreſſe, vous avez craint que ſon pinceau ne fît tort à celui de Mr. Vien, que vous aviez intention de louer. Si votre embarras redouble au ſujet de ce Peintre, il n'eſt pas difficile d'en pénétrer les raiſons. Vous avez craint qu'on ne démêlât le motif qui vous faiſoit agir.

Je vous laiſſerai paiſiblement commenter à votre aiſe & de toutes vos forces ſur un tableau de ce Maître, peint en cire, repréſentant une Nimphe de Diane qui trouve l'amour endormi auprès d'une nape d'eau: ce ſeroit dommage de vous interrompre. Mais vous me pardonnerez ſi j'oſe contredire à votre ſentiment au ſujet de la Banniere qu'il a faite pour la Paroiſſe Saint Germain; ſçavez-vous que ce tableau eſt des plus ordinaires & très-froid. Sçavez-vous auſſi que

que l'Ange qui tient dans ses mains deux couronnes, est tout d'une piece : on a peur qu'il n'écrase le saint Pontife par sa chute ; car il ne paroît point du tout se suspendre en l'air, mais s'élancer rapidement de quelque toit voisin, par un coup de désespoir. Je crains fort que le jour que vous envisagez comme devant être celui du triomphe de Mr. Vien, ne soit troublé par la quantité d'hommes forts qu'on sera obligé d'employer pour la soulever.

Si vous étes l'ami de Mr. Vien, comme il y paroît, & si vous êtes jaloux de la réputation étonnante qu'il s'est acquise, & dont les gens de l'art se demandent la cause, épargnez-lui davantage les éloges, & dites-lui tout bas à l'oreille, qu'il donne plus d'ame à ce qu'il fait ; tâchez de lui faire retrouver cette belle couleur qui le faisoit autrefois admirer sur le P. N. D. Vous m'arrachez malgré moi des vérités dures, dont je rougis moi-même, mais vous avouerez que vos éloges sentent trop l'esprit de parti, pour qu'on n'en détruise pas le faux. Le morceau de reception de ce Maître, tout froid qu'il est, devroit lui servir de modéle, en se ressouvenant toutefois de l'avis qu'on vient de lui donner. On a perdu ce jeune Peintre par trop d'encens. Qui ne s'apperçoit, par exemple, que l'hyperbole est outrée, quand vous dites, en parlant de sa Minerve peinte en cire, qu'elle

„ ne laissoit pas d'être fort belle ; car elle avoit „ été peinte par Mr. Vien. „ Cette conséquence n'est-elle pas risible. Parceque Mr. Vien l'a peinte, *Ergo* elle est belle, n'est-ce pas très-bien argumenter ? Ne pourroit-on pas pousser plus loin cet argument, en disant, Mr. Vien a peint une Minerve en cire, *Concedo* : donc elle étoit fort belle, *Nego*.

Je suis encore fâché de n'être pas tout-à-fait de votre avis, quand vous dites que Mr. Bachelier a prouvé, par son tableau du Cheval & du Loup, qu'il étoit très en état de remplacer le fameux Mr. Oudri. Vous sentez bien peu la grandeur de la perte que nous avons faite dans ce Peintre d'animaux, si vous croyez que Mr. Bachelier puisse le remplacer. Je rends justice à Mr. Bachelier : on admire ses fleurs, parce qu'on espere qu'il portera ce genre à sa perfection, s'il travaille ; mais pour prétendre succéder à Mr. Oudri, on lui conseille sagement de s'en départir ; car n'en déplaise à ces deux Messieurs, il est aussi faux de dire que „ Mr. Vien a donné des preuves de supério„ rité dans presque tous les genres, que de „ dire que Mr. Bachelier est très en état de „ remplacer Mr. Oudri. „ Si l'on n'eût exposé dans le salon que les tableaux de ces deux Peintres, je suis fondé à croire qu'une Dame n'y eût pas déchiré son mantelet, en s'efforçant de sortir.

Conſeillez à Mr. Bachelier de ſe perfectionner dans ſon genre, dites-lui qu'il faſſe des fleurs, & jamais des animaux. Conſervons à chacun le talent qui lui eſt propre.

A ce propos, permettez-moi une petite digreſſion, & ſouffrez, que ſans prétendre toutefois borner les talens de nos Arriſtes, je me hazarde de vous les indiquer ; afin que moins prévenu, vous puiſſiez au moins leur rendre juſtice.

Mr. Vanloo, ſera ſans contredit, le Dieu de la Couleur. Il fait bien tout ce qu'il fait ; mais nous le réſerverons pour les ſujets ſages, & faits pour en impoſer. On ſe ſent ravir malgré ſoi, quand il nous peint les actions religieuſes du grand St. Auguſtin. L'expreſſion inſpire le reſpect.

Nous prendrons le pinceau de Monſieur Retout pour les ſujets de vigueur & de force ; c'eſt un tonnerre dont le deſordre étonne, & qui remplit l'ame de grandes idées.

L'incarnat des graces ſera broyé ſur la palette de Mr. Boucher. Elégant dans tout ce qu'il fait, nous l'appellerons le Catule de la Peinture. N'eſt-il pas en effet le Peintre ſéduiſant de la volupté ?

Nous choiſirons Mr. Pierre pour les ſujets petillans & legers.

Mr. Hallé approchera de l'élégant de Mr.

Boucher, mais nous nous souviendrons qu'il est plus sage & plus modeste.

Je me suis engagé dans un pas bien délicat, je ne sçais si je dois borner ici ma digression, & je crains qu'on ne me blâme d'avoir fixé à un trop petit nombre, l'élite de l'Ecole françoise. L'amour propre des autres membres qui la composent seroit peut-être offensé; mais je crois devoir les rappeller, chacun en particulier, à une fable que j'ai lû quelque part dans la Fontaine, intitulée le Lion & l'Ane chassans. L'Ane soit (fait abstraction de toute idée injurieuse) s'attribuoit tout l'honneur de la chasse pour avoir bien crié; il mandioit un éloge, le Lion le railla avec raison. Qu'on se ressouvienne que l'Ane n'osa se mettre en colere. Chacun de ces membres a bien joué son rôle, & peut s'applaudir en secret de réussir dans sa partie. Mais toujours sera-t'il certain que ceux que j'ai nommés doivent ressembler au Lion, à qui réellement toute la gloire de la chasse appartenoit. Sauf à nous à juger du mérite de Mr. Chardin, que nous estimons, à encourager Mrs. Lagrené, Vien & Bachelier; le premier & le dernier promettent beaucoup, sur-tout Mr. Lagrené: pour Mr. Vien, je crois devoir l'avertir, sans aigreur, qu'il décline.

Si vous aimez les Arts par-tout où ils ſe trouvent, peut-être ne ſerez-vous pas fâché que je vous faſſe part d'une découverte que j'ai faite ces jours paſſés. Je regrettois Mr. Vateau, & je diſois à quelqu'un qu'il triompheroit s'il vivoit encore, attendu que ſon talent ſembloit être mort avec lui, & nous faire ſentir la perte des *Pater* & des *Lancret.* La perſonne à qui je parlois ſentit bien que ma réflexion étoit juſte, & s'offrit, pour me conſoler, de me conduire chez un Maître peu connu, qui réuniſſoit, diſoit-il, ces trois grands hommes ; je ſuis peu crédule, & j'ajoute peu de foi à des éloges outrées. Je profitai de l'offre qu'on me fit de me conduire chez lui. C'eſt un ancien Profeſſeur de l'Académie de St. Luc, nommé *le Clerc.* Je ſuis amoureux du beau, & délicat en fait de peinture ; mais je vous avouerai que je demeurai enchanté, & que je trouvai qu'on ne m'avoit réellement pas trompé. Vous dirai-je qu'il eſt unique dans ſon genre, je ne vous en impoſerai point. Quelle élégance, quel fini & quel moëleux tout enſemble ! Il regne dans ſes tableaux une fraicheur ſurprenante. Ses figures ſont parfaitement bien deſſinées, bien finies & bien tournées, ſes payſages ſont touchés avec une adreſſe étonnante : tout ce qu'on pourroit lui reprocher, c'eſt de négliger ſes touches. C'eſt cependant un de ces hommes rares dont j'ai cru devoir parler ; qu'il ne me ſçache aucun gré de mes éloges, je les dois à ſon art. J'invite les curieux du beau, de profiter de la facilité qu'il leur procure de pouvoir ſe convaincre, en leur ouvrant ſa porte.

Je me ſuis un peu écarté, mais je reviens ; feriez-vous aſſez peu homme de goût pour applaudir à la prétendue découverte de la peinture en cire, & ne vous êtes-vous pas apperçu que cette maniere étoit ſéche, dure & lourde, & que, n'en déplaiſe à ſes Protecteurs, c'eſt une nouveauté qui ne peut être bonne qu'en fait de chimie, & point du tout en fait de peinture ? l'effet le démontre. Si cette maniere de peindre procuroit plus de facilité, & rendoit plus moëleux que l'huile, on auroit raiſon de la vanter ; mais qu'eſt-il beſoin de nouvelles découvertes, quand nous poſſédons mieux ?

Je n'oublierai pas de vous obſerver un inconvénient qui me paroît inſéparable de cette mauvaiſe méthode : c'eſt de ne pouvoir varier ſes couleurs. En effet ſi nous devons vous en croire, ſi MM. Vien & Bachelier ont réuſſi dans ce genre, l'un a fait tous ſes Tableaux rouges, & dans le Tableau de M. Bachelier, ne diriez-vous pas que le cheval eſt collé ſur le fond dont il emprunte ſa couleur ? Ce n'eſt ſurement pas la faute du Peintre, apparemment que c'eſt celle de la peinture.

Me voilà donc enfin parvenu à la fin de votre lettre critique que vous terminez par la deſcription pompeuſe d'une Chaire de M. Michel Ange Slodtz, à qui vous rendez juſtice, & que vous mettez en paralelle avec une autre de M. Servandoni, qui n'eſt pas expoſée ; vous croyez donc que tout l'Univers ſera à portée de juger de l'excellence des productions de nos Artiſtes, quand vous aurez loué les unes, comme on dit, à telle fin que de raiſon, déchiré les autres, & paſſé ſous ſilence la plus grande partie.

N'auriez-vous pas dû vous reſſouvenir que les Tableaux de M. l'Enfant ne ſont point du tout à leur place, & obſerver qu'ils méritent notre attention ? Supérieur à M. la Rue dans ce genre, on craint qu'il ne faſſe tort à ce dernier qui n'a rien donné d'abſolument bon. N'auroit-on pas dû élever au même point de vue où ſont les Tableaux de M. l'Enfant, des portraits fort ordinaires, & qui ne ſont enfin que des portraits, genre toujours très-facile & peu intéreſſant. Les Tableaux de ce Peintre euſſent partagé nos ſuffrages par les ſujets qu'ils repréſentent, & la maniere dont ils ſont touchés. L'un eſt le ſiege de Mons, l'autre celui d'Ypres, & un troiſiéme, au-deſſus du grand eſcalier, la bataille de Fontenoy : ces Tableaux ſont pleins de feu, bien composés; les figures en sont si ressemblantes, que l'on en reconnoît tous les principaux Auteurs. Ces monumens respectables de la grandeur & de la gloire de notre Roi ne méritoient-ils pas plus d'égard? j'en appelle au droit des gens.

J'ose le dire, c'est une injustice que l'on fait tous les ans à M. l'Enfant, & quel motif d'émulation pour lui, de voir que l'on s'attache à mettre ses Tableaux hors de leur optique, pour leur enlever nos admirations.

Si je suis indigné comme vous de la multiplicité des portraits dont le Salon régorge, c'est lorsque je vois qu'on leur sacrifie, pour l'exposition, des Tableaux d'un mérite bien supérieur. Tous ces portraits ne joueroient-ils pas mieux leur rolle au bas du grand escalier, pour servir d'annonce à un spectacle de merveilles? à moins qu'ils ne fussent bien peints, tels que le sont ceux de M. Vanloo le neveu, quelques-uns de ceux de M. le Droüais le fils, & celui de M. Silvestre peint par M. Greuse. Ceux de M. Tocqué pourroient y tenir leur place, si M. Natier vouloit rendre ses portraits moins pesans, il excelleroit: encore voudrois je que Messieurs les Peintres de portraits sentissent leur infériorité d'avec les Peintres d'histoire. Tel bien peint que soit un portrait, nous procure-t-il jamais autant de plaisir? nous intéresse-t-il autant qu'un beau Tableau d'histoire ? qui seroit assez fou de le penser ?

Vous n'aimez surement pas la sculpture, car vous ne nous avez rien dit du morceau de réception de M. Falconet ; je me trompe, vous ne l'avez pas vu, & je ne dois pas être surpris de cet oubli ; vous perdez, Monsieur, & vous perdez beaucoup de ne l'avoir pas examiné. J'ai admiré l'impression qu'il fait sur tout le monde ; on ne peut le voir sans froncer le sourcil, & ressentir en partie la douleur du Milon : tout y est caractérisé avec une justesse précieuse ; tous les nerfs & les muscles y font parfaitement bien leurs offices ; nous y voyons avec plaisir un homme qui souffre cruellement : ce marbre est d'une grande beauté.

Pour les gravures du célebre M. Cars, & de M. Lebas, vous n'en parlez point ; vous êtes un critique discret. Je crois cependant la réputation de ces habiles Graveurs assez bien établie, pour qu'elle vous engageât à sortir de votre esprit de retenue. M. Cars nous a donné une gravure du Tableau de M. Lemoine, représentant l'enlevement de Cephale par l'Aurore ; & M. Lebas, deux sujets de Teniers qu'il a dédiés à M. Slodtz ; ces trois estampes sont estimées.

Je terminerai ma réponse par M. Cochin ; cet habile Dessinateur nous a donné des desſeins exquis qu'il a faits à Rome, d'après les Tableaux de pluſieurs grands Maîtres. Ils ſont d'une délicateſſe admirable, & autant au-deſſus de la gravure, que la gravure eſt elle-même au-deſſous du tableau. Il n'eſt perſonne qui ne les admire : M. Cochin mérite de plus en plus l'éloge que l'on doit à ſes crayons & à ſon burin ; toutes ſes idées ſont ingénieuſes & bien rendues : rapportez-vous-en à trois ou quatre allégories qui ſe trouvent dans l'embraſure d'une des croiſées.

Se peut-il, Monſieur, qu'après un examen auſſi précipité, vous ayez hazardé vos réflexions critiques ſur des objets qui exigent une attention des plus ſcrupuleuſes ? N'auriez-vous pas dû nous épargner de la part des Etrangers qui ſont à portée de ſe convaincre de vos mépriſes ; ce reproche peut être fondé d'avoir trop peu de ménagemens pour les grands hommes que nous poſſédons. On veut obſcurcir la gloire de l'Ecole Françoiſe, & c'eſt un François qui oſe l'entreprendre ; quelle Ecole cependant fut jamais plus brillante ! Paris n'eſt-il pas l'Emule de Rome & d'Athenes ? & vit-on jamais chez ces deux Nations fleurir en même tems un ſi grand nombre d'hommes célébres ?

Soyez plus partiſan des arts, & jugez-en avec plus de circonſpection ; commencez par vous bien convaincre de la grandeur réelle d'une choſe, avant d'en porter votre jugement; c'eſt un avis que prend la liberté de vous donner un Amateur des arts, titre plus précieux ſans doute que celui de Critique aveugle.

J'ai l'honneur d'être, &c.

www.ingramcontent.com/pod-product-compliance
Ingram Content Group UK Ltd.
Pitfield, Milton Keynes, MK11 3LW, UK
UKHW021203230726
13926UKWH00001B/289

9 782014 465990